ISABELLA ZANGHELLINI • LIVIA GRÜNWALD

WICHTELTÜR FÜR ANFÄNGER

DEIN TÄGLICHER WICHTEL-PLAN: FERTIGE BRIEFE, STREICHE & BASTELIDEEN FÜR EINE MAGISCHE, STRESSFREIE ADVENTSZEIT

1. Auflage 2025

MIRELL VERLAG
www.mirell.at

ISABELLA ZANGHELLINI
LIVIA GRÜNWALD

WICHTEL TÜR FÜR ANFÄNGER

DEIN TÄGLICHER WICHTEL-PLAN: FERTIGE BRIEFE, STREICHE & BASTELIDEEN. FÜR EINE MAGISCHE, STRESSFREIE ADVENTSZEIT

1. Auflage 2025

MIRELL VERLAG

www.mirell.at

INHALTSVERZEICHNIS

WILLKOMMEN IN DER ZAUBERHAFTEN WELT DER WICHTELTÜR

Es beginnt oft ganz still. Eine geheimnisvolle Mini-Baustelle. Oder plötzlich – eine winzige Tür an der Wand. Und dann geschieht das Wunder:
Ein Wichtel ist eingezogen.

Kaum etwas bringt Kinderaugen so sehr zum Leuchten wie dieser magische Moment. Die Tür ist kaum größer als eine Handfläche, aber sie öffnet ein ganzes Universum: voller Überraschungen, Streiche, kleiner Geschenke und liebevoller Briefe.

Die Tradition der Wichteltür stammt aus dem hohen Norden. In Skandinavien nennt man die kleinen Hauswichtel „Nisse". Dort ziehen sie zur Adventszeit bei Familien ein, beobachten das Geschehen im Haus – und helfen dem Weihnachtsmann bei den Vorbereitungen. Tagsüber schlafen sie. Doch wenn es draußen dunkel wird, beginnt die Magie: Dann schreiben sie Briefe, spielen Streiche oder hinterlassen Spuren ihres nächtlichen Besuchs.

Dieses Buch begleitet dich durch genau diese Zeit – 24 Tage voller Zauber, Ideen und fertiger Wichtelbriefe. Du brauchst nichts selbst auszudenken. Jeder Tag bringt dir eine kleine Anleitung, eine Idee zum Mitmachen, manchmal etwas zum Basteln – und immer einen Moment zum Staunen.
Ob du ganz neu in die Wichtelwelt eintauchst oder eine stressfreie Lösung für euer Wichteljahr suchst: Dieses Buch ist dein Rundum-sorglos-Begleiter – und hilft dir, jeden Tag ein bisschen Magie in euer Zuhause zu bringen.

Mach es dir leicht. Und genieße eine Wichtelzeit, die Kinderherzen höherschlagen lässt – und dich selbst wieder ein bisschen an den Zauber von Weihnachten glauben lässt.

Isabella & Livia

DIE TRADITION HINTER DER TÜR

Die Wichtelzeit ist eine alte, zauberhafte Tradition aus Skandinavien. Dort kannte man die kleinen Wesen als Nisse. Man glaubte, dass sie unbemerkt auf Hof und Feldern lebten – kleine, unsichtbare Helfer, die über Haus, Menschen und Tiere wachten. Sie galten als gute Geister, die Schutz und Glück brachten, solange man sie achtete und freundlich behandelte.

Mit der Zeit hat sich dieser Brauch auch bei uns verbreitet. Heute ist die Wichteltür in vielen Familien ein fester Bestandteil der Adventszeit – ein Symbol für Magie, Geborgenheit und das Staunen in den Augen der Kinder.

DAS TOR ZUR MAGISCHEN WELT

Die Wichteltür ist das Herzstück der Wichtelzeit Sie ist winzig klein – oft nicht größer als eine Handfläche – und doch voller Geheimnisse. Denn sie ist das Tor in die Welt des Wichtels.

Über diese Tür kommt er in euer Zuhause. Tagsüber bleibt sie verschlossen, doch nachts wird sie lebendig: Dann schleicht der Wichtel hindurch, schreibt Briefe, spielt kleine Streiche oder hinterlässt Spuren, die am Morgen für Staunen sorgen.

Eine Wichteltür kann ganz unterschiedlich aussehen. Manche sind schlicht aus Holz, andere liebevoll bemalt. Sie kann mit einem Mini-Türkranz geschmückt sein, mit einer kleinen Laterne daneben oder sogar mit einem winzigen Briefkasten, in dem die Nachrichten des Wichtels landen. Jedes Detail macht sie lebendiger und lässt die Fantasie der Kinder wachsen.

Doch so verlockend es auch ist: Die Wichteltür darf niemals geöffnet werden. Denn jeder weiß – wer versucht, sie zu öffnen, vertreibt den Zauber. Nur der Wichtel selbst hat den Schlüssel, und nur er darf die Tür benutzen.

Das Schönste ist der Moment, wenn die Kinder die Tür zum ersten Mal entdecken. Ein unscheinbarer Ort im Haus verwandelt sich plötzlich in ein Portal voller Magie – und mit ihm beginnt eine Reise durch den Advent, die Tag für Tag neue Überraschungen bereithält.

WAS DER WICHTEL NACHTS TREIBT

Wenn alles schläft und das letzte Licht erlischt, beginnt hinter der winzigen Tür ein kleines Abenteuer. Der Wichtel wird wach. Ganz leise öffnet er seine Tür, schlüpft hinaus – und huscht durch die Nacht. Vielleicht streut er ein wenig Glitzerstaub auf die Fensterbank, hinterlässt winzige Fußabdrücke im Mehl oder versteckt einen Brief in seinem Briefkasten. Mal zaubert er ein Rätsel, mal legt er etwas zum Basteln bereit. Und an manchen Tagen spielt er auch einen kleinen Streich – so frech wie freundlich.

Und wer sorgt dafür, dass diese Spuren erscheinen? Das sind die Erwachsenen im Haus – sie helfen dem Wichtel, seinen Zauber lebendig werden zu lassen. Damit das ganz einfach gelingt, gibt es dieses Buch: mit fertigen Briefen, kleinen Zauberideen, Bastelvorlagen und Streichen, die für Staunen sorgen. Ganz ohne Stress. Nur mit Magie.

DIE WICHTELAUSSTATTUNG

Der Wichtel kommt nicht mit leeren Händen. Er bringt alles mit, was er für seinen Aufenthalt braucht – und das meiste davon ist winzig klein. Am wichtigsten ist natürlich seine Wichteltür, durch die er nachts ins Haus schlüpft. Doch viele Wichtel bringen noch mehr mit: einen Briefkasten für geheime Nachrichten, eine kleine Laterne, eine Leiter, einen Schlitten oder vielleicht sogar ein Haustier – wie eine Maus, ein Rentier oder einen Schneefuchs

gekaufte Basteltür von Tedi

mit wenigen Handgriffen bemalt

Rund um die Tür entsteht so nach und nach eine kleine Welt, in der jeden Tag etwas Neues passiert. Manche Wichtel bauen sich sogar eine Mini-Werkbank, stellen winzige Geschenke bereit oder richten sich eine Zauberhöhle ein.

Die gute Nachricht: Nichts davon muss perfekt sein. Der Zauber lebt von der Fantasie – nicht vom Aufwand. Wer Freude am Basteln hat, kann mit einfachen Mitteln viel erschaffen: Ein Kartonstück wird zur Werkbank, ein Knopf zur Wichteluhr, ein Zweig zur Mini-Laterne. Und für alle, die wenig Zeit oder zwei linke Bastelhände haben, gibt es heute unzählige fertige Kleinigkeiten – ob online bei Amazon und Temu oder vor Ort bei Tedi & Co

Das spart nicht nur Zeit, sondern auch Nerven – besonders in einem turbulenten Familienalltag. Schließlich soll die Wichtelzeit Freude bringen, nicht in Stress ausarten. Und weil alles geheim bleiben muss, ist es umso praktischer, wenn man zwischendurch einfach zugreifen kann, statt noch spät abends zur Schere zu greifen.

WENN DER ZAUBER BEGINNT – DER EINZUG DES WICHTELS

Zwei magische Wege, wie die Wichtelzeit beginnt

Bevor der erste Brief geschrieben, der erste Streich gespielt oder das erste Geschenk versteckt wird, braucht es eins: den Einzug des Wichtels. Doch wie kommt er eigentlich in euer Zuhause?

Es gibt zwei liebevolle Möglichkeiten, diesen Moment einzuleiten – und wer mag, kann sie sogar miteinander kombinieren: mit einer geheimnisvollen Baustelle und einem leuchtenden Wichtelrufer.

DIE WICHTELBAUSTELLE

Wenn der Wichtel sich langsam ankündigt

Plötzlich liegt etwas Sägemehl am Boden. Eine winzige Leiter lehnt an der Wand. Und ist das dort ein Schild mit „Baustelle – Betreten verboten!“?

Die Wichtelbaustelle ist eine zauberhafte Idee, um den Wichtel ganz heimlich „einziehen“ zu lassen. Tag für Tag kommen neue Details hinzu: ein Werkzeug, ein Bauplan, ein Briefkasten – bis schließlich die Wichteltür erscheint.

Für Kinder ist das ein spannender Start voller Fantasie: Sie beobachten, wie sich alles verändert, und können erste Spuren entdecken. Wer mag, bastelt kleine Baustellen-Elemente selbst – oder nutzt fertige Miniaturen.

DER MAGISCHE WICHTELRUFER

Wenn der Wichtel eingeladen wird

Manchmal erscheint der Wichtel nicht einfach von selbst – manchmal braucht er ein Zeichen. Der Wichtelrufer ist ein liebevoll gestaltetes Glas mit einem Teelicht. Es wird abends angezündet und sagt dem Wichtel: „Du darfst kommen – wir freuen uns auf dich!"

Mit Glitzer, Sternen, Tannenzapfen oder Transparentpapier wird daraus eine kleine Laterne voller Zauber. Besonders für Kinder ist das ein schönes Ritual: Sie basteln den Wichtelrufer mit, zünden das Licht an – und warten gespannt auf die ersten Spuren.

Tipp: Beides geht auch gemeinsam!
Der Wichtelrufer kann den Einzug einleiten – und wenige Tage später folgt als Antwort darauf die Baustelle. So entsteht eine magische Verbindung zwischen Wunsch und Wirklichkeit.

Fazit:
Ob mit Baustelle, Wichtelrufer oder beidem – erlaubt ist, was zu euch passt. Wichtig ist nur eins: Der Zauber darf bleiben.

Für den Wichtelrufer brauchst du ein leeres Glas. Die Vorlage ausschneiden und das Papier mit einem Pinsel und neutralem Öl einölen. Das Papier bekommt eine leichte Transparenz. Am besten noch mit einem Blatt Küchenrolle trocken bügeln. Das Papier eingerollt ins Glas stecken, sodass es an den Glaswänden zu sehen ist. Nach Lust und Laune kann das Glas noch weiter dekoriert werden. Mit einem LED-Teelicht ist der Wichtelrufer einsatzbereit.

Achtung - Bitte bei dieser Version kein Teelicht mit Flamme verwenden. Das Papier könnte Feuer fangen. Falls ein Teelicht mit Flamme verwendet werden soll, muss die Dekoration ausschließlich an der Außenseite angebracht werden.
!! Bitte keine Kerzen unbeaufsichtigt lassen.

DU BRAUCHST:
Vorlage, 1 Glas
Deko nach Wunsch

CHECKLISTE VOR DEM START

Dein stressfreier Start in die zauberhafte Wichtelzeit

VORBEREITUNG

Startidee und Startzeitpunk gewählt: ____________________

- ☐ Baustellenzubehör: Ist alles für die spannende Baustelle vorbereitet falles es eine geben soll ?
- ☐ optional Wichtelrufer (z. B. Teelichtglas mit Glitzer)
- ☐ Wichteltür: Bereit für den großen Auftritt?
- ☐ Umzugskartons: Damit der Wichtel gut ausgestattet einziehen kann.
- ☐ 24 Briefe: Alle Briefe ausgesucht und Zubehör dafür vorbereitet?
- ☐ Zubehör: Fehlt noch etwas für die perfekte Wichtelszene?

WO WIRD DIE WICHTELTÜR BEFESTIGT?

Sicherer Ort: Finde einen magischen Platz, an dem der Wichtel sicher ist und sich nachts austoben kann, ohne dabei die Kinder zu stören.

Geplanter Ort: __________________________

WIE SOLL DER WICHTEL HEIßEN?

Wichtelname

____

WICHTELNAMEN

Für Wichtelmädchen

Svea • Milli • Tilda • Alva • Runa • Elda • Fleur • Una • Varuna • Mine • Elvina • Smilla • Finja • Rosa • Flora • Lilly • Nessa • Pippa • Yara • Linnea • Lina • Zinnia • Nila • Greta • Thora • Idun • Ida • Vega • Mira • Freesia • Tara • Cilla • Aria

Für Wichteljungs

Niels • Brim • Lönne • Lasse • Aik • Frodo • Klex • Bente • Holm • Snorre • Dröm • Finn • Abbi • Janne • Jeppe • Lumpi • Jockel • Ivaldi • Dröhm • Knut • Talis • Nisse • Yorick • Bolli • Mik • Tammo • Tem • Merle • Tontu • Pepe • Odin

24 TAGE VOLLER ZAUBER – DER TÄGLICHE ABLAUF

WANN	WAS	BRIEF	BESCHREIBUNG
25.11	WICHTELRUFER	NEIN	Optional falls erwünscht
28-30. NOV.	BAUSTELLE	NEIN	ACHTUNG BAUSTELLE Der Wichtel arbeitet an seiner Tür.
1. 12	DIE TÜR ERSCHEINT	JA	Die Bauarbeiten sind beendet und die Wichteltür ist plötzlich hier. Im Brief stellt sich der Wichtel vor. Er hat eine kleine Überraschung mitgebracht.
2.12	AUFGABE DEKO	JA	Etwas Deko könnte die Wichteltür noch vertragen. Der Wichtel bittet um Hilfe.
3.12	SPIELEABEND	JA	Der Wichtel bedankt sich für die Deko und schläft einen Spieleabend vor.
4.12	AUFGABE WUNSCHLISTE	JA	Der Wichtel hat die Aufgabe bekommen die Wunschlisten bei der Werkstatt abzugeben. Legt sie dem Wichtel vor die Tür
5.12	NIKOLAUS	JA	Wichtel fragt nach ob die Stiefel schon geputzt und bereit für den Nikolaus sind.
6.12	STREICH	JA	Der Wichtel hat aus dem Stiefel genascht und bedankt sich für die Leckereien
7.12	AUFGABE	JA	Es ist ganz schön kalt geworden. Sammelt für den Wichtel ein paar Zweige für sein Lagerfeuer.

8.12	ZAUBER	JA	Als Dankeschön für die Zweige hinterlässt der Wichtel Zaubersand und Zauberbohnen. Wenn man den Zaubersand und die Bohnen in einen kleinem Topf ansetzt, wachsen über Nacht Bonbons.
9.12	STREICH	JA	Der Wichtel sperrt ab und klebt kreuz und quer mit Kreppband oder ähnlichem ab.
10.12	PLÄTZCHEN BACKEN	JA	Der Wichtel liebt Weihnachtsbäckerei und hat alles für´s Plätzchenbacken vorbereitet. Helft dem Wichtel beim Backen.
11.12	KRANK	JA	Wichtel ist krank - Taschentücher liegen herum. Bring dem Wichtel Tee.
12.12	DANKE	JA	Der Wichtel bedankt sich mit einem besonderen Wichteltee für die Hilfe.
13.12	STREICH	JA	Der Wichtel macht eine Chorprobe. Er bemalt die Mandarinen, Orangen, Bananen mit Gesichtern und stellt diese als Chor auf.
14.12	STREICH	JA	Der Wichtel ist wieder Top Fit und baut einen Schneemann aus Klopapierrollen
15.12	FENSTERBILD	JA	Der Wichtel tobt sich künstlerisch aus und malt ein Fensterbild mit Öltrick
16.12	AUFGABE	JA	Der Wichtel bittet um Maiskörner für sein Rentier.
17.12	KINOABEND	JA	Der Wichtel zaubert zum Dank aus ein paar Maiskörner Popcorn und schlägt einen Kinoabend vor.

18.12	PARTY	JA	Der Wichtel macht Party mit den Kuscheltieren in der Nacht und hinterlässt Luftschlangen, Luftballons, Kuscheltiere
19.12	AUFGABE VÖGEL	JA	Der Wichtel wurde von den Vögeln gebeten eine Vogelfutterstelle zu bauen. Könnt ihr ihm dabei helfen?
20.12	AUFGABE BAUM-DEKO	JA	Der Wichtel bittet um etwas Deko für seinen Weihnachtsbaum.
21.12	ZAUBER EI	JA	Der Wichtel bedankt sich im Namen seiner Vogelfreundin und zaubert aus dem Ei das er bekommen hat, ein Überraschungsei.
22.12	STREICH	JA	Der Wichtel ist frech und bindet in der Nacht die Schnürsenkel verschiedener Schuhe zusammen.
23.12	SPIEL BINGO	JA	Der Wichtel hat für euch ein Weihnachtswichtelbingo erstellt.
24.12	MILCHREIS	JA	Der Wichtel hat Milchreis, Zucker & Zimt für einen winterlichen Milchreis hergerichtet.Das ist sein traditionelles Familienweihnachsfrühstück.
25.12	ABSCHIED	JA	Der Wichtel packt seine Kartons und geht zurück zum Nordpol. Aber er freut sich schon bald auf ein Wiedersehn.
31.12	SILVESTER-PARTY	JA	Der Wichtel erscheint ein letztes Mal und wünscht euch viel Glück im neuen Jahr. Er hinterlässt einen besonderen Glücksbringer

DER WICHTEL ZIEHT EIN...

1. DEZEMBER

DIE WICHTELTÜR ERSCHEINT

WAS PASSIERT HEUTE?

Über Nacht ist die Baustelle verschwunden – und an ihrer Stelle steht plötzlich eine kleine Tür! Vielleicht mit einem Briefkasten, einer Laterne oder sogar einem Mini-Willkommensschild? Ein erster Brief liegt bereit. Der Wichtel stellt sich vor und bringt vielleicht sogar eine kleine Überraschung mit. Ab jetzt beginnt der tägliche Wichtelzauber!

VORBEREITUNG / ZUBEHÖR:

- Wichteltür (selbst gebastelt oder gekauft)
- Tür in der Nacht heimlich platzieren
- Optional: kleine Deko rundherum (Briefkasten, Leiter, Teppich, Laterne)
- Ersten Wichtelbrief bereitlegen
- Eine winzige Überraschung für die Kinder dazulegen (z. B. goldene Schokokugel)

Klopf, klopf – hier bin ich!

Ihr habt bestimmt schon meine kleine Tür entdeckt, oder? Jetzt wisst ihr's: Ich bin euer Weihnachtswichtel! Ich darf den ganzen Advent bei euch wohnen. Gerade bin ich noch am Einrichten – das dauert ein bisschen, weil ich nur nachts arbeite. Tagsüber schlafe ich tief und fest hinter meiner Tür. Diese Tür ist etwas ganz Besonderes. Sie führt in meine Wichtelwelt – und darf nur von Wichteln geöffnet werden. Wenn jemand anderes sie öffnet, verschwindet der Zauber… ganz leise, wie ein Windhauch. Und ich müsste leider sofort zurück in den hohen Norden. Das wäre schade, oder?

Wenn ihr mögt, könnt ihr mir gerne eine kleine Zeichnung oder einen Brief dalassen. Ich freu mich riesig, euch kennenzulernen!

Ich freu mich auf eine lustige und magische Zeit mit euch!

Alles Liebe

Das bin ich

Name:
Alter: 103 Wichteljahre
Adresse: Nordpol
Größe: 42mm
Augenfarbe: Eisblau
Haarfarbe: purpurgrün

Lieblingsdinge

- Essen: Plätzchen
- Getränk: heiße Schokolade
- Musik: Oh du fröhliche
- Tier: Rentier
- Beschäftigung: Rentier reiten
- Farbe: Turmalingrün

Das wünsche ich dir:

Eine lustige, bunte, aufregende & besinnliche Adventzeit

2. DEZEMBER

TÜRDEKORATION

WAS PASSIERT HEUTE?

Der Wichtel hat sich eingerichtet, aber draußen vor seiner Tür sieht es noch ziemlich kahl aus. Heute bittet er um eure Hilfe: Die Kinder sollen seine Eingangstür verschönern – mit selbstgebastelter Deko, kleinen Accessoires oder Naturmaterialien. So wird es richtig gemütlich!

VORBEREITUNG / ZUBEHÖR:

- Kleine Bastelmaterialien (Schere, Kleber, Papier, Stoffreste, Knöpfe…)
- Naturmaterialien wie Tannenzapfen oder Zweige
  Bastelbögen & Vorlagen aus dem Buch (z. B. Wimpelkette, Teppich)

Hej ihr Lieben,

Ich hab mich hier schon gut eingekuschelt, aber draußen vor meiner Tür … na ja … da fehlt noch ein bisschen Zauber!

Meint ihr, ihr könntet mir helfen? Ich würd mich riesig freuen, wenn ihr meine kleine Ecke ein bisschen hübsch macht. Was genau? Das überlasse ich ganz euch – ihr habt bestimmt die besten Ideen!

Ich bin gespannt, was ihr euch einfallen lasst!

Wichtelige Grüße

3. DEZEMBER

SPIELEABEND

WAS PASSIERT HEUTE?

Der Wichtel bedankt sich für die schöne Dekoration und lädt zu einem gemütlichen Spieleabend ein. Als kleine Überraschung hat er ein Spiel hingelegt – entweder ein bekanntes Lieblingsspiel oder ein selbst gebasteltes „Wichtel ärgere dich nicht“.

VORBEREITUNG / ZUBEHÖR:

- Ein Spiel bereitstellen oder die Vorlage „Wichtel ärgere dich nicht“ aus dem Buch ausschneiden
- Etwas zum Knabbern
- Ggf. Decke, Kissen für eine gemütliche Spielecke

Hej ihr Lieben,

vielen, vielen Dank für eure wundervolle Deko! Jetzt ist es richtig schön vor meiner Tür – ich fühl mich wie zuhause!

Zur Feier des Tages hab ich euch heute ein kleines Spiel dagelassen. Vielleicht habt ihr Lust, heute Abend gemeinsam zu spielen? Ich mag besonders „Wichtel ärgere dich nicht“ – das ist sooo lustig!

Macht es euch gemütlich und habt ganz viel Spaß!

4. DEZEMBER

WUNSCHLISTE

WAS PASSIERT HEUTE?

Der Wichtel hat einen wichtigen Auftrag: Er soll die Wunschzettel der Kinder zur Wichtelwerkstatt bringen. Heute bittet er darum, dass die Kinder ihre Wunschliste malen oder schreiben – und sie ihm vor die Tür legen.

VORBEREITUNG / ZUBEHÖR:

- Ein Blatt Papier / oder Vorlage ausschneiden
- Buntstifte, Filzstifte oder Kugelschreiber
- Optional: Aufkleber oder Glitzer zur Verzierung

5. DEZEMBER

NIKOLAUS STIEFEL PUTZEN

WAS PASSIERT HEUTE?

Heute erinnert der Wichtel die Kinder daran, ihre Stiefel oder Schuhe sauber zu putzen – denn der Nikolaus kommt in der Nacht! Der Wichtel fragt freundlich nach, ob schon alles bereit ist, und freut sich mit den Kindern auf den Besuch.

VORBEREITUNG / ZUBEHÖR:

- Ein sauberer Stiefel oder Schuh
- Optional: Ein kleiner Lappen zum Putzen bereitlegen
- Vielleicht eine kleine Süßigkeit als Vorgeschmack

Hej ihr Lieben,

habt ihr schon gehört? Heute Nacht kommt der Nikolaus! Habt ihr eure Stiefel schon geputzt? Wenn nicht, hopp-hopp – schnell noch sauber machen und vor die Tür stellen!

Ich bin schon ganz gespannt, ob der Nikolaus auch bei euch vorbeischaut… Ich werde auf jeden Fall ein Auge drauf werfen – oder zwei!

Wichtelige Grüße

6. DEZEMBER

NIKOLAUS WAR DA

WAS PASSIERT HEUTE?

Der Nikolaus war da! Doch – oh Schreck – irgendjemand hat sich über die Süßigkeiten hergemacht… Der Wichtel gesteht heute in seinem Brief, dass er nicht widerstehen konnte und ein bisschen genascht hat. Er bedankt sich und hinterlässt vielleicht noch ein paar Krümel oder Papierchen als Spur.

VORBEREITUNG / ZUBEHÖR:

- Leere oder angeknabberte Nikolaus-Verpackungen
- Krümel, Papier von Süßigkeiten
- Eventuell kleine Fußspuren

Hej ihr Lieben,

also… ich muss euch was gestehen. Ich wollte nur kurz schauen, ob der Nikolaus auch wirklich was gebracht hat – und zack… war die Schokolade weg. Ups!

Ich konnte einfach nicht widerstehen… Sie sah sooo lecker aus! Ich hab nur ganz wenig genascht – ehrlich! (Also… fast.)

Wichtelige Grüße mit Schokoschnute

7. DEZEMBER

HILFE ZWEIGE

WAS PASSIERT HEUTE?

Der Wichtel merkt, dass es draußen immer kälter wird – und bittet heute um Hilfe: Für sein kleines Wichtellagerfeuer braucht er ein paar trockene Zweige. Die Kinder sollen draußen kleine Ästchen oder Tannenzweige sammeln und sie ihm vor die Tür legen.

VORBEREITUNG / ZUBEHÖR:

- Kleine Zweige, Stöckchen, Tannenzweige (vorher draußen sammeln)
- Optional: Ein Mini-Feuer aus Papier oder Teelicht-Attrappe als Szene gestalten

Hej ihr Lieben,

brrrrr! Habt ihr's auch schon gemerkt? Es wird ganz schön kalt
da draußen!
Ich friere schon an den
Zehenspitzen!

Für mein kleines Lagerfeuer brauche ich dringend ein paar trockene Zweige. Könnt ihr mir welche sammeln und vor die Tür legen? Dann wird's bei mir endlich wieder schön warm und gemütlich.

Ich sag schon mal: Dankeschööön!

Wichtelige Grüße

8. DEZEMBER

ZAUBERBOHNEN PFLANZEN

WAS PASSIERT HEUTE?

Als Dankeschön für die gesammelten Zweige hinterlässt der Wichtel heute etwas ganz Besonderes: Zauberbohnen und Wichtel-Zaubersand. Die Kinder dürfen die Bohnen in einen kleinen Topf pflanzen – und über Nacht passiert etwas Magisches! Am nächsten Morgen wachsen dort Bonbons oder andere kleine Leckereien.

VORBEREITUNG / ZUBEHÖR:

- Kleine Bohnen, Linsen oder Reis (als „Zauberbohnen“)
- Etwas Mehl, Zucker, Glitzer (als „Zaubersand“)
- Kleiner Topf oder Schälchen
- Bonbons oder Mini-Überraschung zum Austauschen über Nacht

Hej ihr Lieben,

wow – danke für die warmen Zweige! Jetzt kann ich wieder gemütlich vor meinem Lagerfeuer sitzen. Dafür hab ich euch heute etwas ganz Besonderes dagelassen: echte Wichtel-Zauberbohnen und ein bisschen Zaubersand!

Pflanzt die Bohnen heute Abend in den Sand – und schaut morgen früh ganz genau hin… Vielleicht ist über Nacht etwas Magisches gewachsen!

Wichtelige Grüße

9. DEZEMBER

WICHTEL-STREICH: ALLES IST VERSPERRT!

WAS PASSIERT HEUTE?

In der Nacht war der Wichtel wieder unterwegs – und hat sich einen kleinen Spaß erlaubt: Er hat mit Klebeband, Schnur oder Wollfäden Türen, Flure oder Möbel abgesperrt! Heute erwartet die Kinder ein Hindernis-Parcours mit viel Gekicher.

VORBEREITUNG / ZUBEHÖR:

- Kreppband, Wolle oder Schnur
- Optional: „Stopp"-Schilder, kleine Warnhinweise
- Lustige Fußspuren oder Absperrbänder aus Papier

Hej ihr Lieben,

hihi – seid ihr heute gut aus dem Bett gekommen?
Ich hatte letzte Nacht so viel Energie, da musste ich einfach ein bisschen Unsinn machen... Und zack – war überall Absperrband! Keine Sorge, ihr dürft natürlich durch – aber vielleicht müsst ihr ein bisschen krabbeln, klettern oder lachen. Ich bin gespannt, ob ihr meinen Hindernis-Parcours schafft!

Wichtelige Grüße

10. DEZEMBER

HEUTE WIRD GEBACKEN!

WAS PASSIERT HEUTE?

Der Wichtel hat alles für einen gemütlichen Plätzchentag vorbereitet. Er liebt den Duft von frischem Gebäck – und bittet die Kinder, heute gemeinsam mit der Familie zu backen. Vielleicht hat er sogar ein Rezept dagelassen oder eine kleine Nascherei spendiert?

VORBEREITUNG / ZUBEHÖR:

- Backzutaten (z. B. Mehl, Zucker, Butter, Zimt)
- Ausstechformen, Nudelholz, Backpapier

Hej ihr Lieben,

mmmhh… heute Nacht hat es bei euch schon fast nach Plätzchen geduftet – oder war das nur mein Wunschdenken?
Ich liebe den Geruch von frischem Gebäck! Habt ihr Lust, heute ein paar leckere Weihnachtsplätzchen zu backen? Ich würde am liebsten selbst mithelfen, aber leider passt meine winzige Schürze nicht in eure Küche…
Also ran an den Teig – und vielleicht fällt ja für mich auch ein kleines Krümelchen ab?

Wichtelige Grüße

Wichtelkekse

Zutaten:
200 g weiche Butter
120 g Zucker
330 g Weizenmehl 405
40 g Milch
100 g Speisestärke
TL Vanille gemahlen
1 Ei
Extra zum Verzieren: Kuvertüre, Puderzucker, Lebensmittelfarbe, Perlen etc.

Zubereitung

Alle Zutaten mit der Küchenmaschine verkneten..
Immer ein Stück Teig entnehmen und ausrollen. Das geht auch nach dem 10 Mal ausrollen noch wunderbar.
Ausgestochene Kekse auf ein mit Backpapier ausgelegtes Backblech legen und im vorgeheizten Backofen bei 180 Grad (O/U-Hitze) ca. 10 Minuten auf mittlerer Schiene backen.
Sichtkontakt halten, damit die Kekse nicht zu dunkel werden.
Abkühlen lassen und danach verzieren.

11. DEZEMBER

OH NEIN, DER WICHTEL IST ERKÄLTET!

WAS PASSIERT HEUTE?

Heute geht es dem kleinen Wichtel nicht gut. In seinem Brief erzählt er, dass er sich eine Erkältung eingefangen hat – vielleicht liegen vor seiner Tür schon Taschentücher, ein Hustenbonbon oder ein winziges Pflaster. Die Kinder dürfen ihm heute helfen und ihm Tee, eine kleine Zeichnung oder Genesungswünsche bringen.

VORBEREITUNG / ZUBEHÖR:

- Taschentücher
- Teebeutel (Kamille, Fenchel etc.)
- Kleine Extras: Pflaster, Mini-Decke, Bonbon
- Optional: Wärmflaschen-Szene mit Watte oder Mini-Kissen

Hej ihr Lieben,

oje… heute Nacht war's wohl doch zu kalt. Meine Wichtelnase läuft, mein Kopf ist matschig, und mein Zauber glitzert nur noch halb so hell…

Ich bleib heute lieber im Bett – mit einer warmen Decke, viel Tee und einem Taschentuchberg. Wenn ihr mögt, könnt ihr mir etwas zum Gesundwerden vor die Tür legen. Eine Zeichnung, ein Tee oder einfach liebe Gedanken – das hilft ganz bestimmt!

Bis bald, hoffentlich ohne Schnupfennase!

Wichtelige Grüße

12. DEZEMBER

DANKESCHÖN VOM WICHTEL

WAS PASSIERT HEUTE?

Dem Wichtel geht es wieder besser! Heute bedankt er sich bei den Kindern für ihre liebe Hilfe. Zur Überraschung hat er ihnen einen besonderen Wichteltee dagelassen – eine kleine Mischung aus Kräutern, Gewürzen oder Früchten. Vielleicht liegt er hübsch verpackt vor der Tür.

VORBEREITUNG / ZUBEHÖR:

- Teebeutel (z. B. mit Zimt, Apfel oder Kräutern)
- Optional: kleine Verpackung oder Mini-Banderole

Hej ihr Lieben,

danke, danke, danke! Eure Hilfe hat mich wieder gesund gemacht. Ich hab mich so gefreut über den Tee und eure guten Wünsche – da konnte ich gar nicht anders, als gleich wieder fröhlich durch die Nacht zu huschen.

Als kleines Dankeschön hab ich euch heute meinen allerliebsten Wichteltee dagelassen. Der wärmt Bauch und Herz – und duftet himmlisch!

Wichtelige Grüße

13. DEZEMBER

HEUTE GIBT'S MUSIK!

WAS PASSIERT HEUTE?

Der Wichtel war in der Nacht wieder fleißig – und kreativ! Er hat aus Mandarinen, Orangen oder Bananen kleine Sänger gezaubert. Mit aufgemalten Gesichtern und Wackelaugen stehen sie nun als „Mandarinenchor“ bereit. Eine lustige Überraschung, die Kinder zum Schmunzeln bringt!

VORBEREITUNG / ZUBEHÖR:

- Mandarinen, Orangen oder Bananen
- Schwarzer Filzstift
- Optional: Wackelaugen, Watte, Mini-Mützen
- Mini-Schild „Wichtelchor“ oder kleine Noten aus Papier

Hej ihr Lieben,

habt ihr das gehört? Heute Nacht hab ich eine spontane Chorprobe gemacht – mit meinen neuen Freunden: den Mandarinen!

Sie singen nicht besonders schön, aber sie geben sich echt Mühe. Ich hab ihnen Gesichter gemalt und einen Platz für ihren großen Auftritt gesucht. Jetzt stehen sie bereit – ganz vorn auf der Bühne. Vielleicht wollt ihr auch mitsingen?

Wichtelige Grüße

14. DEZEMBER

WICHTEL-SCHABERNACK MIT SCHNEEMANN

WAS PASSIERT HEUTE?

Der Wichtel war wieder frech! Heute Nacht hat er sich Klopapierrollen geschnappt und daraus einen lustigen Schneemann gebaut. Vielleicht steht er im Bad, auf dem Flur oder direkt vor der Wichteltür. Ein kleiner Winterspaß mit großem Überraschungseffekt!

VORBEREITUNG / ZUBEHÖR:

- 2–3 Klopapierrollen
- Schwarzer Stift (für Augen, Knöpfe, Mund)
- Papierkarotten-Nase, Schal, Knöpfe, evtl. Minihut
- Optional: Schneeflocken aus Watte oder Papier

Hej ihr Lieben,

hach, ich vermisse den Schnee! Also hab ich mir letzte Nacht einfach selbst einen Schneemann gebaut – aus Klopapier!

Er ist zwar nicht kalt, aber ganz schön weich. Und hübsch, oder? Ich hab ihn gleich „Rolli" getauft. Vielleicht findet ihr ihn ja irgendwo im Haus? Aber bitte nicht ärgern – er ist sehr empfindlich!

Frostige Grüße

15. DEZEMBER

EIN KUNSTWERK AM FENSTER

WAS PASSIERT HEUTE?

Heute Nacht hat der Wichtel seine künstlerische Seite entdeckt! Er hat ein Fensterbild hinterlassen – vielleicht mit Hilfe von Wasserfarben, Öl oder einem Wachsmaltrick. Jetzt bittet er die Kinder, selbst ein Fensterbild zu gestalten und das Zuhause ein bisschen winterlich zu schmücken.

VORBEREITUNG / ZUBEHÖR:

- Wasserfarben oder Wachsmalkreiden
- Öl (z. B. Speiseöl für den Öltrick)
- Pinsel, Lappen, Papierunterlage
- Optional: Vorlage zum Nachmalen

Hej ihr Lieben,

habt ihr mein kleines Kunstwerk am Fenster entdeckt? Ich hatte heute Nacht Lust zu malen – und zack! war der Winterzauber auf dem Glas.

Jetzt seid ihr dran! Schwingt die Pinsel, zückt die Farben – und macht unser Zuhause noch ein bisschen schöner. Ich bin sooo gespannt, was ihr zaubert!

Wichtelige Grüße

16. DEZEMBER

DER WICHTEL BITTET UM HILFE

WAS PASSIERT HEUTE?

Der Wichtel hat eine wichtige Aufgabe bekommen: Sein Rentier braucht Futter! Da es schon bald losgehen soll zur großen Weihnachtsreise, braucht es ganz viel Kraft. Die Kinder werden heute gebeten, ein paar Maiskörner oder Haferflocken vor die Tür zu legen – als kleine Stärkung für das Wichtelrentier.

VORBEREITUNG / ZUBEHÖR:

- Eine Handvoll Maiskörner oder Haferflocken
- Kleines Schälchen oder Tütchen

Hej ihr Lieben,

mein Rentier hat sich heute Nacht ganz leise vor die Tür geschlichen – hungrig wie ein Wolf! Es trainiert nämlich schon für die lange Reise an Weihnachten.

Damit es stark bleibt, braucht es dringend etwas zu futtern. Habt ihr vielleicht ein paar Körnchen übrig? Mais oder Hafer wären perfekt! Vielen Dank und ein freundliches „Wiehern" vom Rentier!

Wichtelige Grüße

17. DEZEMBER

WICHTELKINO UNTER STERNEN

WAS PASSIERT HEUTE?

Der Wichtel bedankt sich für das Rentierfutter – und überrascht die Kinder mit einer magischen Idee: einem Kinoabend! Vielleicht hat er ein paar Popcornkörner dagelassen, die über Nacht zu leckerem Popcorn geworden sind. Jetzt schlägt er vor, einen Filmabend mit Kuscheldecke, Snacks und Lieblingsfilm zu machen.

VORBEREITUNG / ZUBEHÖR:

- Popcorn (oder Maiskörner zum Poppen)
- Lieblingsfilm bereitstellen
- Optional: kleine Popcorntüte basteln, Kuscheldecke & Getränk
- Brief vom Wichtel

Hej ihr Lieben,

Danke für das tolle Futter – mein Rentier war sooo glücklich! Als kleines Dankeschön hab ich euch etwas dagelassen: Popcorn!

Wisst ihr, was ich am meisten liebe (gleich nach Keksen)? Einen gemütlichen Wichtelkinoabend! Vielleicht habt ihr heute Lust auf einen Film? Kuscheldecke raus, Snacks her – und los geht's!

Viel Spaß beim Filmabend!

18. DEZEMBER

DIE GROßE KUSCHELTIERPARTY

WAS PASSIERT HEUTE?

Heute Morgen sieht es vielleicht ein bisschen chaotisch aus – denn der Wichtel hat in der Nacht eine Party gefeiert! Gemeinsam mit den Kuscheltieren wurde getanzt, gelacht und mit Luftschlangen geworfen. Vielleicht tragen die Kuscheltiere sogar Partyhütchen oder liegen noch erschöpft auf dem Boden?

VORBEREITUNG / ZUBEHÖR:

- Luftschlangen oder Konfetti
- Mini-Partyhütchen (optional)
- Ein paar Kuscheltiere drapieren

19. DEZEMBER

HILFE FÜR DIE HUNGRIGEN VÖGEL

WAS PASSIERT HEUTE?

Der Wichtel hat Besuch von ein paar kleinen Vogel-Freunden bekommen – sie haben ihm erzählt, wie schwer es ist, im Winter Futter zu finden. Jetzt bittet er die Kinder um Hilfe: Gemeinsam sollen sie eine kleine Futterstelle für Vögel einrichten. Eine schöne Gelegenheit, draußen aktiv zu werden und an die Tiere zu denken!

VORBEREITUNG / ZUBEHÖR:

- Vogelfutter (z. B. Körner, Haferflocken, Nüsse, Rosinen)
- Kleines Schälchen, Futterhaus oder eine einfache Futterstelle

Hej ihr Lieben,

stellt euch vor – heute Nacht haben ein paar kleine Vögel bei mir geklopft! Sie haben erzählt, dass es draußen ganz schön kalt ist und sie kaum noch Futter finden …

Könnt ihr ihnen helfen? Vielleicht könnt ihr eine kleine Futterstelle einrichten? Ich bin mir sicher, die Vögelchen werden euch aus vollem Schnabel danken!

Fröhliches Zwitschern und liebe Grüße

20. DEZEMBER

GLANZ FÜR DEN WICHTELBAUM

WAS PASSIERT HEUTE?

Der Wichtel hat seinen eigenen kleinen Weihnachtsbaum aufgestellt – aber er sieht noch ziemlich leer aus! Heute bittet er die Kinder, ihm bei der Dekoration zu helfen. Ob winzige Sterne, Mini-Lametta oder selbstgemachte Deko: Alles, was glitzert und leuchtet, macht den Wichtel glücklich!

VORBEREITUNG / ZUBEHÖR:

- Kleine Deko-Elemente (z. B. Glitzersterne, Papieranhänger, Perlen)
- Bastelmaterial für Mini-Schmuck (Papier, Schnur, Kleber, Schere)
- Optional: Tannenzweig als Wichtelbaum

Oh Schreck, mein Baum ist nackig!

Ich habe mir letzte Nacht einen kleinen Weihnachtsbaum aufgestellt – aber irgendwie sieht er noch gar nicht festlich aus …
Habt ihr Lust, mir ein bisschen Baumzauber zu basteln? Winzige Sterne, bunte Anhänger oder ein Hauch von Glitzer würden ihn bestimmt zum Strahlen bringen!

Wichtelige Grüße

21. DEZEMBER

EIN EI VOLLER MAGIE

WAS PASSIERT HEUTE?

Heute ist Magie im Spiel! Der Wichtel hat von seiner Vogelfreundin ein ganz besonderes Ei bekommen. Mit etwas Zauberhilfe verwandelt sich dieses Ei über Nacht in eine Überraschung! Die Kinder sollen ihm dabei helfen, das Ei vorzubereiten. Am nächsten Morgen wartet ein kleines Wunder.

VORBEREITUNG / ZUBEHÖR:

- Ein (leeres) Überraschungsei oder Plastikei
- Kleine Süßigkeit oder Spielzeug als Inhalt
- Optional: buntes Papier, um das Ei zu verzieren

Pssst… heute wird's magisch!

Meine Vogelfreundin hat mir ein Zauber-Ei geschenkt. Wenn ihr es vor meine Tür legt, mit ein bisschen Zauberpulver (Zucker geht auch) bestreut und diesen Spruch aufsagt, passiert über Nacht ein kleines Wunder!

„Zauberei und Funkellicht, kleines Ei – verwandle dich!"

Ich bin schon ganz gespannt…

Magische Grüße

22. DEZEMBER

ACHTUNG, SCHUH-CHAOS!

WAS PASSIERT HEUTE?

Heute hat der Wichtel seinen Schalk im Nacken – er hat sich heimlich an die Schuhe geschlichen und die Schnürsenkel wild durcheinandergeknotet! Vielleicht hat er sogar ein paar Schuhe miteinander verbunden… Wer da heute schnell raus muss, hat es nicht leicht!

VORBEREITUNG / ZUBEHÖR:

- Schuhe mit Schnürsenkeln (z. B. im Flur drapieren)
- Schnürsenkel über Kreuz binden oder verknoten
- Eventuell kleine Fußspuren oder freches Schildchen vom Wichtel

Hihi, erwischt!

Heute Nacht war ich richtig frech… Ich konnte einfach nicht widerstehen und habe ein paar eurer Schnürsenkel verknotet!

Aber keine Sorge – es war nur ein kleiner Spaß. Ich hoffe, ihr nehmt's mit Humor und kommt trotzdem noch gut aus dem Haus!

Freche Grüße und ein kleines Schmunzeln

23. DEZEMBER

SPIEL & SPASS MIT WICHTELBINGO

WAS PASSIERT HEUTE?

Kurz vor Weihnachten sorgt der Wichtel nochmal für gute Laune – mit einem selbstgemachten Wichtelbingo! Die Kinder dürfen das Spiel ausschneiden, gemeinsam spielen und sich dabei in Weihnachtsstimmung bringen. Vielleicht wartet auch ein kleiner Preis auf den Gewinner?

VORBEREITUNG / ZUBEHÖR:

- Vorlage für das Wichtelbingo (ausdrucken oder ausschneiden)
- Kleine Preise oder Leckereien für den Gewinner
- Stifte oder Marker zum Ankreuzen

Bingooo!

Nur noch einmal schlafen, dann ist Weihnachten! Aber heute ist erstmal Zeit für Spiel & Spaß – ich habe euch ein Wichtelbingo mitgebracht!

Schnappt euch ein paar Stifte, ruft Mama oder Papa – und los geht's! Wer als Erster eine Reihe voll hat, darf laut „Wichtel!" rufen. Viel Spaß dabei!

Wichtelige Grüße

24. DEZEMBER

EIN FRÜHSTÜCK WIE IM WICHTELHAUS

WAS PASSIERT HEUTE?

Es ist Heiligabend – und der Wichtel verabschiedet sich auf leise Weise. Er hat ein besonderes Frühstück vorbereitet: Milchreis mit Zimt & Zucker – so wie es bei den Wichteln am Nordpol Tradition ist. Ein letztes Mal zaubert er ein Lächeln auf die Gesichter, bevor er sich für dieses Jahr verabschiedet.

VORBEREITUNG / ZUBEHÖR:

- Milchreis, Zucker & Zimt
- Ein kleiner Topf, Löffel oder gedeckter Tisch für den Wichtel

Zutaten: 1 l Milch, 70 g Zucker, 1 Prise Salz 1Packung Vanillinzucker, 250 g Rundkornreis
Alle Zutaten in einem Topf kräftig aufkochen. Anschließend die Temperatur auf niedrigste Stufe stellen und den Milchreis im geschlossenen Topf ca. 30 Minuten quellen lassen. Dabei gelegentlich umrühren. Den Milchreis mit frischem Obst, Apfelmus oder Kompott servieren.

Hej ihr Lieben,

heute ist Weihnachten – und für mich heißt das: Zeit zum Abschied nehmen. Aber keine Sorge, ich komme nächstes Jahr gern wieder! Zum Dank für diese wunderschöne Zeit habe ich euch mein Lieblingsfrühstück vorbereitet:

Milchreis mit Zimt & Zucker. Das essen wir Wichtel am Nordpol immer am Weihnachtsmorgen. Danke für all die schönen Momente. Ich werde euch sehr vermissen!

Alles Liebe und frohe Weihnachten!

25. DEZEMBER

DER WICHTEL ZIEHT WEITER

WAS PASSIERT HEUTE?

Der Weihnachtsabend ist vorbei, und der Wichtel hat in der Nacht seine Sachen gepackt. Heute Morgen entdecken die Kinder vielleicht ein paar kleine Kisten oder einen Abschiedsgruß. Er bedankt sich für die wundervolle Zeit – und freut sich aufs Wiedersehen im nächsten Jahr.

VORBEREITUNG / ZUBEHÖR:

- Mini-Umzugskartons (aus Vorlage oder kleinen Schachteln)
- Optional: Kleine Erinnerung an die Wichtelzeit (z. B. Mini-Foto, Button, Urkunde)

Hej ihr Lieben,,

gestern war ein wunderschöner Weihnachtsabend – und nun ist es für mich Zeit, zum Nordpol zurückzukehren. Ich habe meine Sachen gepackt (pssst... ganz leise!) und bin schon auf dem Weg zu meinen Wichtelkollegen. Danke für all die fröhlichen, verrückten und zauberhaften Momente mit euch. Ich werde euch vermissen – aber keine Sorge: Wenn ihr wollt, komme ich im nächsten Jahr wieder!

Ein dicker Wichteldrücker & auf Wiedersehen!

31. DEZEMBER

EIN LETZTER GRUß ZUM JAHRESWECHSEL

WAS PASSIERT HEUTE?

Kurz vor Mitternacht meldet sich der Wichtel noch einmal aus der Ferne. Er schickt einen Neujahrsgruß, vielleicht mit einem kleinen Glücksbringer oder Wunsch für das neue Jahr. Ein zauberhafter Abschluss für die Wichtelzeit!

VORBEREITUNG / ZUBEHÖR:

- Kleines Geschenk oder Glücksbringer (z. B. Marienkäfer, Kleeblatt, Mini-Hufeisen)

Hej ihr Lieben,

was für ein Jahr! Ich sitze gerade gemütlich im Wichtelhaus, trinke heißen Kakao und denke an euch. Ich wollte euch unbedingt noch ein frohes neues Jahr wünschen – mit ganz viel Lachen, Freude und kleinen Wundern. Vielleicht habt ihr ja sogar Lust, mir ein Bild von eurem Silvesterabend zu malen?

Als Glücksbringer habe ich euch noch etwas dagelassen. Passt gut auf euch auf – bis wir uns wiedersehen!

Wichtelgrüße und einen Rutsch voller Glitzer

WEITERE IDEEN

Natürlich muss nicht alles streng nach Plan laufen. Manchmal passt ein Brief nicht, oder du möchtest etwas anderes ausprobieren – kein Problem! Im Downloadbereich findest du viele weitere fertige Wichtelbriefe für besondere Momente: ob für zwischendurch, als Ersatz oder einfach zum Ausprobieren. Auch außerhalb der Adventszeit darf der Wichtel immer mal wieder auftauchen – mit einem kleinen Streich, einem Zauberspruch oder einer liebevollen Nachricht, wie es ihm gerade geht. So bleibt die Magie lebendig – das ganze Jahr über.

Wichtelstreiche sind ein unverzichtbarer Bestandteil des Wichtellebens - genauso wie Susi und Strolch oder das Eigelb zum Ei. Es sorgt für jede Menge Spaß, wenn der kleine Schelm mal wieder einen Streich ausheckt. Auch wenn er es manchmal nur gut meint, ist seine Hilfe nicht immer von Nutzen. Doch eines steht fest: Große und Kleine haben gleichermaßen ihren Spaß daran! Hier findest du einige Ideen für lustige Wichtelstreiche auf den nächsten Seiten.

WICHTELSTREICHE – SCHNELL & EINFACH

KLOKUNST DELUXE

Der Wichtel hat die gesamte Klopapierrolle durchs Bad gezogen und einen Schneemann daraus gebaut.
Zubehör: 1–2 Klopapierrollen
Einfach umzusetzen

WICHTEL HAT'S BUNT GETRIEBEN

Der Wichtel hat die Zahnbürsten in bunte Farbe (z. B. Lebensmittelfarbe) getaucht.
Zubehör: Zahnbürsten, Wasserfarbe
Braucht Vorbereitung (Reinigung beachten)

KLEBEBAND-LABYRINTH

Die Türrahmen sind mit Kreppband in alle Richtungen verklebt.
Zubehör: Kreppband oder Washi-Tape
Einfach umzusetzen

KOPFÜBER IM GLAS

Der Wichtel ist wohl beim Klettern abgerutscht – und plumps, direkt in ein Marmeladenglas gefallen! Nun sieht man außen kleine Fußabdrücke, die zeigen, wie er wieder herausgeklettert ist.
Zubehör: Marmeladenglas, Mini-Wichtelspuren
Einfach umzusetzen

FARBWECHSEL IM BAD

Der Wichtel hat rotes oder blaues Lebensmittelfarbpulver in den Wasserhahn gegeben (beim ersten Wasserstrahl wird's bunt).
Zubehör: Lebensmittelfarbe
Braucht etwas Vorbereitung / evtl. Rückstände

SCHNEEBALLSCHLACHT

Wichtel hat Wattebäusche verteilt und eine Mini-Schneeballschlacht veranstaltet.
Zubehör: Wattebäusche
Einfach umzusetzen

STÜHLE AUF DEM KOPF

Die Stühle stehen auf dem Tisch – alles ist durcheinander!
Zubehör: keine
Einfach umzusetzen

SCHUHE VERTAUSCHT

Der Wichtel hat die Schuhe der Familie neu sortiert – alle stehen andersherum oder paarweise vertauscht.
Zubehör: keine
Einfach umzusetzen

SPAGHETTI-KUNST

Der Wichtel hat mit trockenen Spaghetti einen Stern oder ein Herz gelegt.
Zubehör: Spaghetti
Einfach umzusetzen

WICHTEL IM EIERKARTON

Der Wichtel hat sich ein Nest im Kühlschrank gebaut.
Zubehör: Eierkarton, Mini-Schlafsack
Einfach umzusetzen

WICHTEL-CHOR

Wichtel hat Mandarinen mit Gesichtern bemalt und sie als Chor aufgestellt.
Zubehör: Mandarinen, Stift, evtl. Wackelaugen
Einfach umzusetzen

WICHTEL IN DER SOCKENSCHUBLADE

Er hat sich dort ein gemütliches Nest gebaut.
Zubehör: Socken, Mini-Bettchen
Einfach umzusetzen

KLOROLLEN-MONSTER

Er hat mit Klopapierrollen ein Monster oder einen Turm gebaut.
Zubehör: Klopapierrollen, Stifte
Einfach umzusetzen

MÜSLI-BAD

Der Wichtel hat ein Bad im Müsli genommen – mitten in der Schüssel.
Zubehör: Müslischale, Figur
Einfach umzusetzen

WICHTEL MACHT YOGA

Er hat kleine Figuren in Yoga-Posen aufgestellt.
Zubehör: Spielzeugfiguren
Einfach umzusetzen

KEKSDOSE LEER

Er hat alle Kekse aufgegessen – Krümel und leere Dose als Beweis.
Zubehör: Keksdose, Krümel
Einfach umzusetzen

WICHTEL SPIELT MIT BAUKLÖTZEN

Turm steht mitten im Wohnzimmer.
Zubehör: Bauklötze
Einfach umzusetzen

ERBSENWURF-WETTBEWERB

Erbsen oder Nudeln liegen kreuz und quer – der Wichtel hat geworfen.
Zubehör: Erbsen/Nudeln
Einfach umzusetzen

WICHTEL UND DIE BARBIES

Er hat mit den Puppen eine Pyjamaparty gemacht.
Zubehör: Puppen
Einfach umzusetzen

SCHOKOLADE GEKLAUT

Leere Verpackung – „War lecker!“ steht daneben.
Zubehör: Leere Verpackung, Stift
Einfach umzusetzen

KUSCHELTIER-PARTY

Alle Kuscheltiere sitzen zusammen mit Luftballons.
Zubehör: Kuscheltiere, Ballons
Etwas Aufbau

MILCH GEFÄRBT

Lebensmittelfarbe sorgt für rosa oder blaue Milch.
Zubehör: Milch, Lebensmittelfarbe
Braucht Vorbereitung

WICHTEL AUF WANDERSCHAFT

Wichtelspuren mit Mehl durchs Wohnzimmer.
Zubehör: Mehl, evtl. Fußabdruck-Schablone
Braucht etwas Vorbereitung

SPIEGELBOTSCHAFT

Mit Zahnpasta oder Seife wurde eine Nachricht auf den Spiegel gemalt.
Zubehör: Zahnpasta oder Seife
Einfach umzusetzen

TOILETTENPAPIER-RUTSCHE

Treppen wurde mit Toilettenpapier dekoriert, der Wichtel „rutscht“ runter.
Zubehör: Toilettenpapierrolle

Braucht etwas Aufbau

OBST ANGEMALT

Mandarinen oder Bananen haben Gesichter bekommen.
Zubehör: Obst, Stift
Einfach umzusetzen

WICHTEL BEIM SPORT

Er hängt an einem Mini-Trapez oder Seilzug aus Wolle.
Zubehör: Wolle, Zahnstocher, Figur
raucht Vorbereitung

WICHTEL HAT GEBACKEN

Mehl verteilt, Rezeptbuch offen, aber nix fertig.
Zubehör: Mehl, Mini-Schüssel, Rezeptbuch
Kleine Sauerei, aber machbar

WICHTEL HAT GEFROREN

Er hat die Mützen und Schals der Familie vor seiner Tür verteilt.
Zubehör: Mützen und Schals
Einfach umzusetzen

WICHTEL HAT GESCHMÜCKT

Baum oder Pflanze hat verrückten Schmuck (Socken, Stifte).
Zubehör: Alltagsgegenstände
Einfach umzusetzen

WICHTEL HAT EIN IGLU GEBAUT

Mit Zuckerwürfeln oder Watte.
Zubehör: Zuckerwürfel, Watte
Braucht etwas Aufbau

WICHTEL MALT SCHNEE ANS FENSTER

Mit Fingerfarbe oder Fensterkreide.
Zubehör: Farbe, Tuch
Einfach umzusetzen - Kleinere Sauerei möglich

WICHTEL-BOWLING

Er hat mit kleinen Kugeln Kuscheltiere „abgeschossen".
Zubehör: Murmeln, Stofftiere
Einfach umzusetzen

KAROTTEN-ADVENTSKRANZ

Der Wichtel tauscht die Kerzen des Adventskranzes gegen Karotten aus

Zubehör: Adventskranz, 4 Karotten.

Einfach umzusetzen

SELBSTPORTRÄT AM SPIEGEL

Nachts malt der Wichtel mit Lippenstift oder abwaschbarer Farbe ein Bild von sich auf den Badezimmerspiegel

Zubehör: Lippenstift/Fenstermarker.

Einfach

SPIELZEUG AN DER DECKE

Spielzeugautos, Lego-Figuren oder Puppen werden mit Klebeband an der Decke befestigt

Zubehör: Spielzeug, Kreppband/Washi-Tape.

Einfach

CHIPS IM MÜSLIPAKET

Der Wichtel füllt Chips in die Müsliverpackung

Zubehör: Müslipackung, Chips.

Einfach – nur Tüte öffnen, Chips einfüllen und wieder verschließen.

KLEIDER AN DER WAND

Der Wichtel klebt mit Klebeband die Kleidung der Kinder an die Wand

Zubehör: Kleidungsstücke, Klebeband.

Einfach

DISCO IM WASCHBECKEN

Der Wichtel hat eine Nacht-Party gefeiert und das Waschbecken als Whirlpool benutzt

Zubehör: Schüssel/Waschbecken, evtl. Glitzer oder Seifenblasen.

Einfach

LINKE SCHUHE GEGEN SÜßIGKEITEN

Er tauscht alle linken Schuhe gegen Süßigkeiten aus, Schuhe verstecken und stattdessen Bonbons in den Schuhschrank legen.

Zubehör: Süßigkeiten.

Einfach

ZAHNPASTA MIT SCHOKOCREME

Der Wichtel tauscht Nutella oder eine andere Schokocreme gegen die Zahnpastatube

Zubehör: Schokocreme.

Einfach

KAROTTEN-SCHNEEENGEL

Er streut Mehl oder Zucker auf den Boden und zieht Ski-Spuren; im „Schnee" ist sogar ein kleiner Schneeengel zu sehen

Zubehör: Mehl/Zucker, Fußabdruck-Schablone.

Einfach – etwas Sauerei, aber schnell wieder weggewischt.

WICHTEL-WÄSCHELEINE

Der Wichtel spannt nachts eine Schnur zwischen zwei Stühle und hängt winzige Kleidungsstücke oder Puppenkleider auf
Schokobons oder kleine Snacks dazwischen sorgen für Extra-Spaß.

Zubehör: Schnur, Mini-Wäscheklammern, Puppenkleidung und evtl. Süßigkeiten.

Einfach

UHREN UMGESTELLT

Er verstellt die Uhren im Haushalt, sodass jede eine andere Zeit zeigt
Zubehör: Wecker oder Küchenuhr.
Einfach

ANGELN AM TOILETTENSEE

Der Wichtel spannt Frischhaltefolie über die Toilettenschüssel, setzt Mini-Enten darauf und hängt eine Angel darüber
Zubehör: Frischhaltefolie, kleine Gummi-Enten, Ast und Schnur.
Einfach

NUTELLA-FUẞSPUREN UND WICHTEL-BROT

Der Wichtel klettert mithilfe einer Leiter zum Nutellaglas / Marmeladeglas und hinterlässt schokoladige Fußabdrücke bis zu einer Brotscheibe, von der er eine kleine Portion ausgeschnitten hat
Zubehör: Brot, Schokoaufstrich, kleine Leiter oder Schnur.
Einfach – etwas Kleckerei möglich.

LUFTBALLONS IN DER WASCHMASCHINE

Bei diesem Streich finden die Kinder morgens die offene Waschmaschine voller kleiner Luftballons
Zubehör: Luftballons, evtl. Wichtelspuren aus Kreide.
Einfach – Ballons aufpusten und hineingeben.

TEEBEUTEL IM TANNENBAUM

Der Wichtel schmückt den Weihnachtsbaum mit duftenden Teebeuteln
Zubehör: Teebeutel.
Einfach – schnell in den Baum gehängt.

KNALLERBSEN UNTER DEN SCHUHEN

Er klebt Knallerbsen (Silvester-Böllerchen) unter die Schuhsohlen Beim Anziehen knallt es laut und sorgt für Lachen.
Zubehör: Knallerbsen, Tesafilm, Schuhe.
Einfach – funktioniert nur auf harten Böden. Für größere Kinder

GEFRORENE ZAHNBÜRSTEN

Der Wichtel friert die Zahnbürsten in einem Becher Wasser ein. Am Morgen steckt das Ganze als Eisblock im Bad

Zubehör: Zahnputzbecher, Zahnbürsten, Wasser, Gefrierfach.

Braucht Vorbereitung – abends einfrieren.

KETCHUP-ZIELSCHEIBE

Der Wichtel spritzt Ketchup auf eine kleine Zielscheibe und hinterlässt die Tube daneben

Zubehör: Ketchup, Dartscheibe aus Papier.

Einfach – am besten auf einer abwaschbaren Unterlage.

GESCHMOLZENER SCHNEEMANN

Der Wichtel baut einen „Schneemann" aus Eis, der bis zum Morgen geschmolzen ist; zurück bleiben Pfütze, Karotte und Augen

Zubehör: Karotte, Schale Wasser, Wackelaugen.

Einfach – Eis in einer Schüssel schmelzen lassen.

MINI-FITNESSSTUDIO (MUCKIEBUDE)

Er bastelt Hanteln aus Zahnstochern und Mini-Marshmallows und stellt eine kleine Bank auf

Zubehör: Zahnstocher, Mini-Marshmallows, kleine Bank.

Einfach – lustig, wenn der Wichtel einen Sportbrief hinterlässt.

GESCHENK-ÜBUNG (VERPACKT NOCHMAL)

Der Wichtel übt Geschenkverpacken und wickelt kurzerhand Alltagsgegenstände wie Milchtüte, Zahnbürste oder Salzstreuer ein

Zubehör: Geschenkpapier, Tesafilm, beliebige Gegenstände.

Einfach – schnelle Vorbereitung, sorgt für Verwirrung beim Frühstück.

Wichtel Bewegungsgeschichte:

Mein Wichtel-Tag beginnt, hört zu, es wird ein Hit!
Ich wach im Bettchen auf und gähn ein bisschen mit.
(Hand vor Mund und gähnen)

Danach ein Strecken, oh wie fein,
ich berühre fast die Decke, das muss sein!
(strecken, mit der Hand zum Himmel, ganz galant!)

Dann ein Sprung aus dem Bett, voller Elan,
auf beiden Füßen land' ich dann.
(ein Sprung in die Höhe)

Ab ins Bad, jetzt wird nicht lang gefackelt,
Zähne putzen, Kamm durchs Haar gewackelt!
(Zeig die Zähne, putz sie fein, mit den
Händen durchs Haar streichen)

Gesicht gewaschen, jetzt bin ich fit,
für einen Tag, der voller Abenteuer ist!
(Wangen rubbeln)

Mein Pulli dick, die Hose warm,
so bleib ich heiter, und auch warm.
(Hände hoch, über die Beine streichen.)

Socken anzieh'n ist der nächste Schritt,
denn ohne warme Füße, da fehlt uns der Tritt.
(Hand an Fuß und Socke überstreifen)

Das Rentier ruft, es hat Hunger, oh je,
ich laufe schnell nach draußen,
trotz der Kälte, oh weh!
(auf der Stelle laufen)

Brrr, es friert, doch nur ein bisschen,
ich wärm mich auf, und schon kann ich wieder kichern.
(Zittern und mit den Händen wärmen)

Jetzt kann der Tag losgehen, oh welch ein Spaß,
wir jubeln laut und winken, und dann
geben wir Gas.
(Jubel, jubel, wink zur Rund,
jetzt beginnt der Wichtel-Tag)

WICHTELZAUBER

Schon gewusst? Der Wichtel hat auch magische Fähigkeiten! Er bittet die Kids um kleine Dinge, die sie vor seine Tür legen sollen. Und dann – Zauberei! Aus einem gewöhnlichen Ei wird auf einmal ein Überraschungsei. So könnte eine Nachricht vom Wichtel lauten: **„Hey, willst du einen coolen Zaubertrick sehen? Leg einfach … vor meine Tür und schau, was ich daraus zaubere!“** Aber Achtung, Lacher garantiert: Manchmal legt der Wichtel auch einen kleinen Fehlzauber hin. Statt einem Überraschungsei kann da schon mal ein Stein aus dem Ei werden. Ja, ja, selbst Wichtel sind nicht perfekt!

Ideen:

Hühnerei	→	Überraschungsei
Traubenzucker Bonbons	→	Badefärbetablet
Zaubersamen	→	Schokololli
Watte	→	Zauberschnee
Buntes Konfetti	→	Smarties
Murmel	→	Weihnachtskugel
Walnuss	→	Zaubernuss
Zahnstocher	→	Mikadospiel
Spaghetti und Schokolade	→	Mikado
Mikado	→	Mikado zum Essen
Zwei Eier	→	Dinosaurier Eier zum Ausgraben
Apfelkernen	→	Apfel
Papierkugeln	→	Knallerbsen
Kleiner Stoff	→	Schal
Kartoffel	→	Chips
Spaghetti	→	Essbare Gummischnüre
Mais	→	Popcorn
Bild malen	→	Bild schrumpfen
Papier	→	Esspapier
Watte	→	Zuckerwatte (Zauberschnee)
Holzstäbe	→	Salzstangen
Butterkekse	→	Lebkuchenhaus
Apfel malen	→	Apfel oder Schokoapfel
Luftschlangen	→	Himbeerschnüre

Obst	→	Quetschi
Zucker einpflanzen	→	Zuckerstangen
Perlen	→	Kette und Armband
Wolle	→	Weihnachtssocken
gemaltes Tier	→	Schleich Tier oder Kuscheltier
Kleine Murmel	→	großer Flummi
gemaltes Auto	→	kleines Spielzeugauto
Münzen	→	Schokotaler
Kleine Tafel Schokolade	→	große Tafel Schokolade
Kleiner Tannenzweig	→	kleines echtes Bäumchen
kleine Zweige	→	Wunderkerzen
Aus Zucker	→	Zuckerwatte
Flasche Wasser	→	Limonade
Alte Socke	→	Sockentier
Keks	→	Lebkuchenmann
Apfel	→	Apfelkuchen
leerer Joghurtbecher	→	Blumentopf mit Blume
Strohhalm	→	Zauberstab
Kerze	→	duftendes Teelicht
Büroklammer	→	Schlüsselanhänger
Zuckerwürfel	→	Mini-Marshmallows
Alte Socke	→	neue Handschuhe
Knopf	→	Glücksmünze
Banane	→	Bananenchips
Stück Brot	→	Zimt-Toasts
Apfel	→	Apfelringe
Schnürsenkel	→	Freundschaftsarmband
Papprollen	→	Fernrohr
Mehl und Wasser	→	Mini-Pfannkuchen
Haferflocken	→	Müsliriegel
Orange	→	Orangenkekse
Erdnüssen	→	Erdnussbutter
Maiskörnern	→	Maisflips
Kokosnuss	→	Kokosmakronen
Kakao	→	Kakaokekse
Weizenmehl	→	Mini-Brezeln
Löffelbiskuit	→	Mini-Tiramisu
Tannenzapfen	→	Mini-Weihnachtsbaum

Wolle	→	kleines Amigurumi-Tier
Stoffresten	→	Stofftier oder Kissen
Mandeln	→	Gebrannte Mandeln
Reis	→	Milchreis mit Zimt und Zucker
Cornflakes	→	Cornflakes-Kekse
Blätter	→	Spielkarten
zerbröselte Eierschalen	→	Badefärbetablette
Tasse Wasser	→	Wackelpudding
Blatt Papier	→	Origami-Tier
Stein	→	Glücksbringer - oder bemalter Stein

Zaubersamen & Zauberpulver

Pfefferkörner, Linsen oder Kürbiskerne sind perfekte Zaubersamen. Wenn diese in etwas Mehl oder Zucker eingepflanzt werden, wachsen z. B. Lollis.

Eiskristallkugel-Zauber:

Zutaten: 1 Luftballon, Wasser, Kaltes Wetter

Dieser magische Zauber verwandelt einen mit Wasser gefüllten Luftballon in eine funkelnde Eiskristallkugel. Der Zauber ist perfekt für kalte Wintertage und bringt ein wenig eisige Magie direkt in den eigenen Garten. Ein hervorragendes Experiment, das Natur und Zauberei kombiniert, um Kinder zu erstaunen und zu unterhalten.

Anleitung:

Fülle den Luftballon mit Wasser. Verknote den Ballon sicher. Platziere den gefüllten Ballon draußen, wo es kalt genug ist, damit das Wasser gefriert. Warte einige Stunden oder über Nacht, bis das Wasser vollständig gefroren ist.Entferne vorsichtig den Luftballon und enthülle die Eiskristallkugel.

Regenbogenzauber:

Materialien: Ein weißer Teller, Skittles in verschiedenen Farben, lauwarmes Wasser

Anleitung:

Legt die Skittles in einem Kreis am Rand des weißen Tellers an.Gießt vorsichtig lauwarmes Wasser in die Mitte des Tellers, sodass die Skittles gerade bedeckt sind.

Zauberspruch;

„Süßling, Süßling, Farbenreich, zeig uns jetzt dein Regenbogenreich!“

DOWNLOAD

Das Passwort ist für alle Downloads aus diesem Buch gültig

Passwort: Flocke

Scanne einfach die QR-Codes oder lade die Inhalte direkt von der Webseite herunter: www.mirell-verlag.at unter Wichtelbuch für Anfänger

BASTELVORLAGEN AUS DEM BUCH UND NOCH MEHR

WICHTELBRIEFE

Das Passwort ist für alle Downloads aus diesem Buch gültig

Passwort: Flocke

Scan Me..

WORD VORLAGE FÜR EIGENE WICHTELBRIEFE:

Für die Wichtelbriefe wurde die Schriftart Handgley verwendet. Diese kannst du für private Zwecke kostenlos bei dafont.com/de/handgley.font herunterladen und verwenden.

WICHTELBAUSTELLE

WICHTELBAUSTELLE

MAUER BAUSTELLE

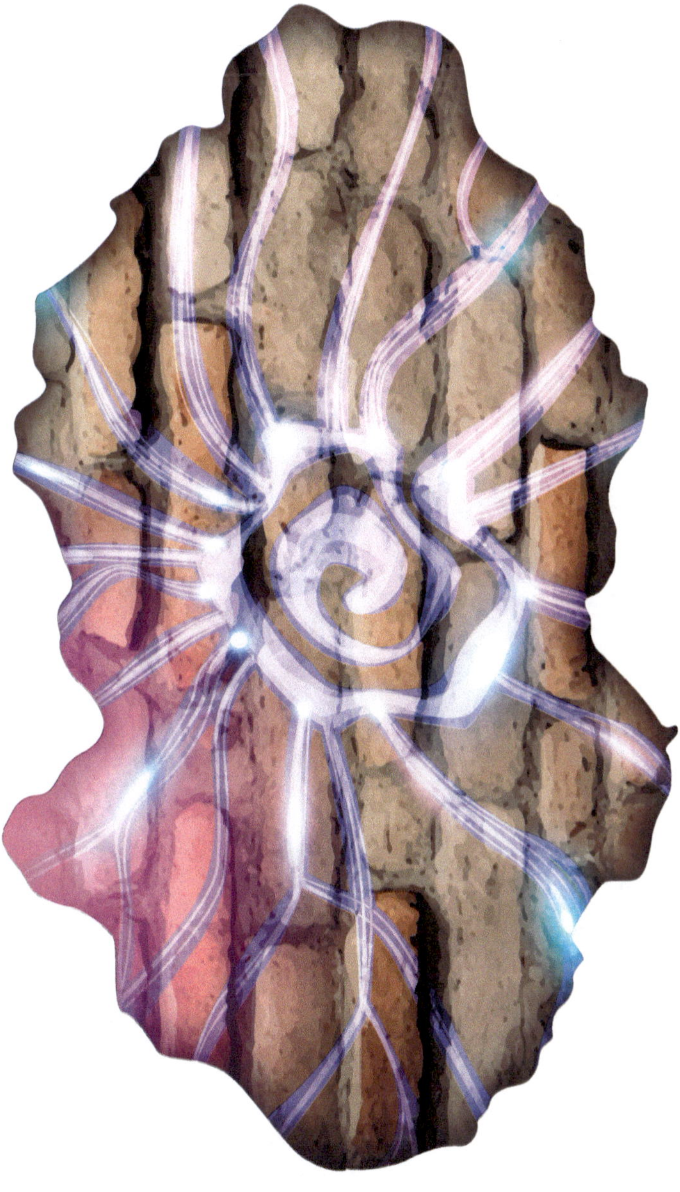

UMZUGSKARTONS

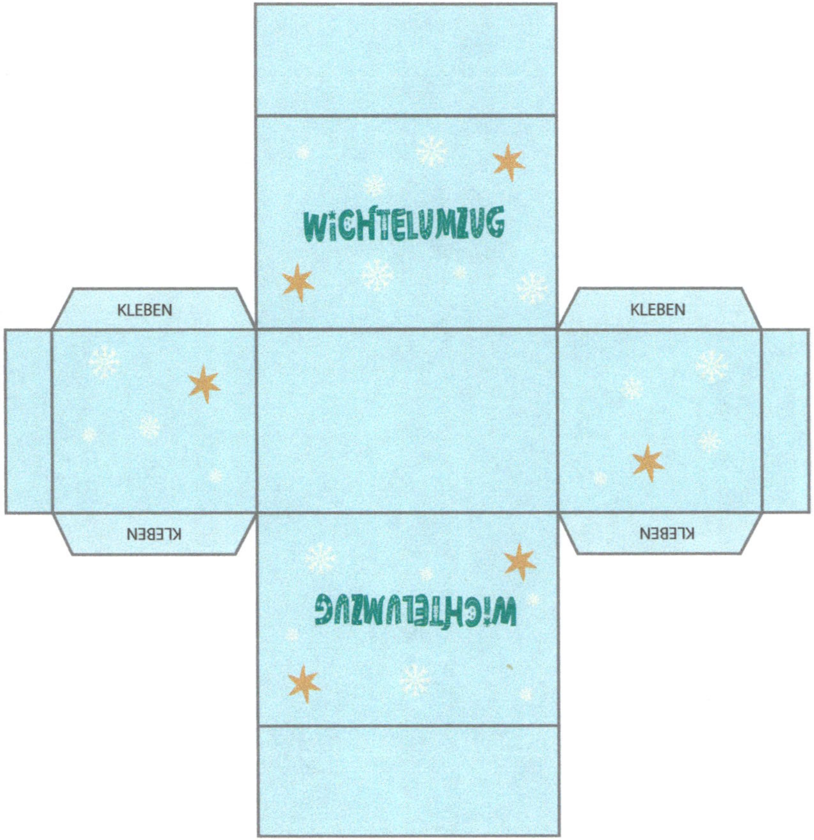

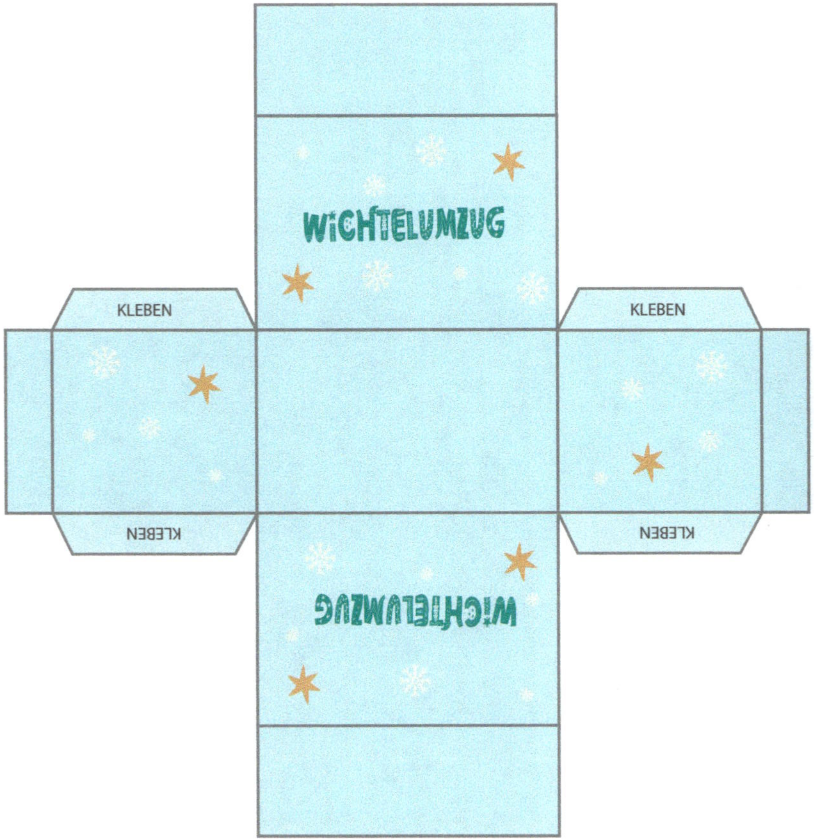

WEGWEISER

Rot-Weiß gestreifte Fläche ausschneiden und auf einen Papierstrohhalm kleben, falls dieser noch nicht die gewünschte Farbe hat. Im Anschluss Wegweiser darauf kleben. Den Strohhalm kann man mit Heißkleber auf einen Stein oder stabiles Holzstück kleben. Fertig ist der Wegweiser.

Wichtel ärgere dich nicht

Spielfeld

Spielfiguren

Falten

Falten

Falten

Boden unten kleben für mehr stabilität

Falten

Falten

Falten

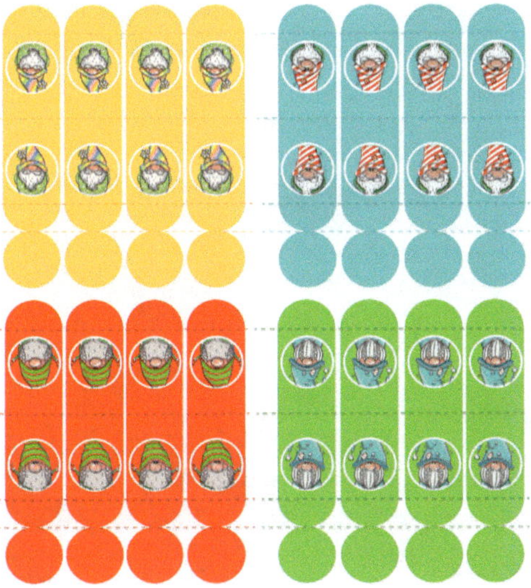

Würfel

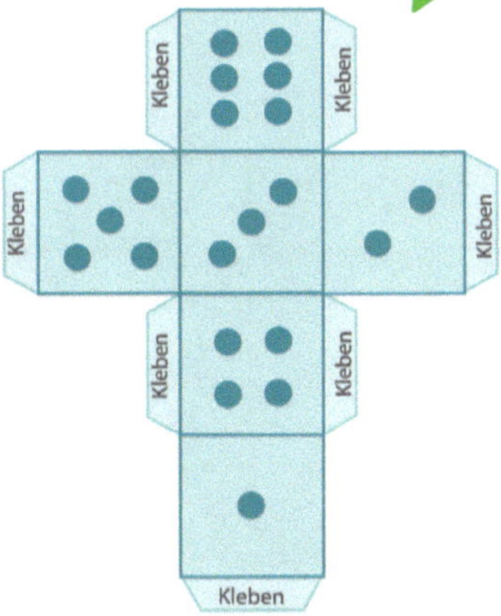

Außenseite ausschneiden und an den Linien falten

Vorlage für Kreidemarker
gebrochene Fensterscheibe

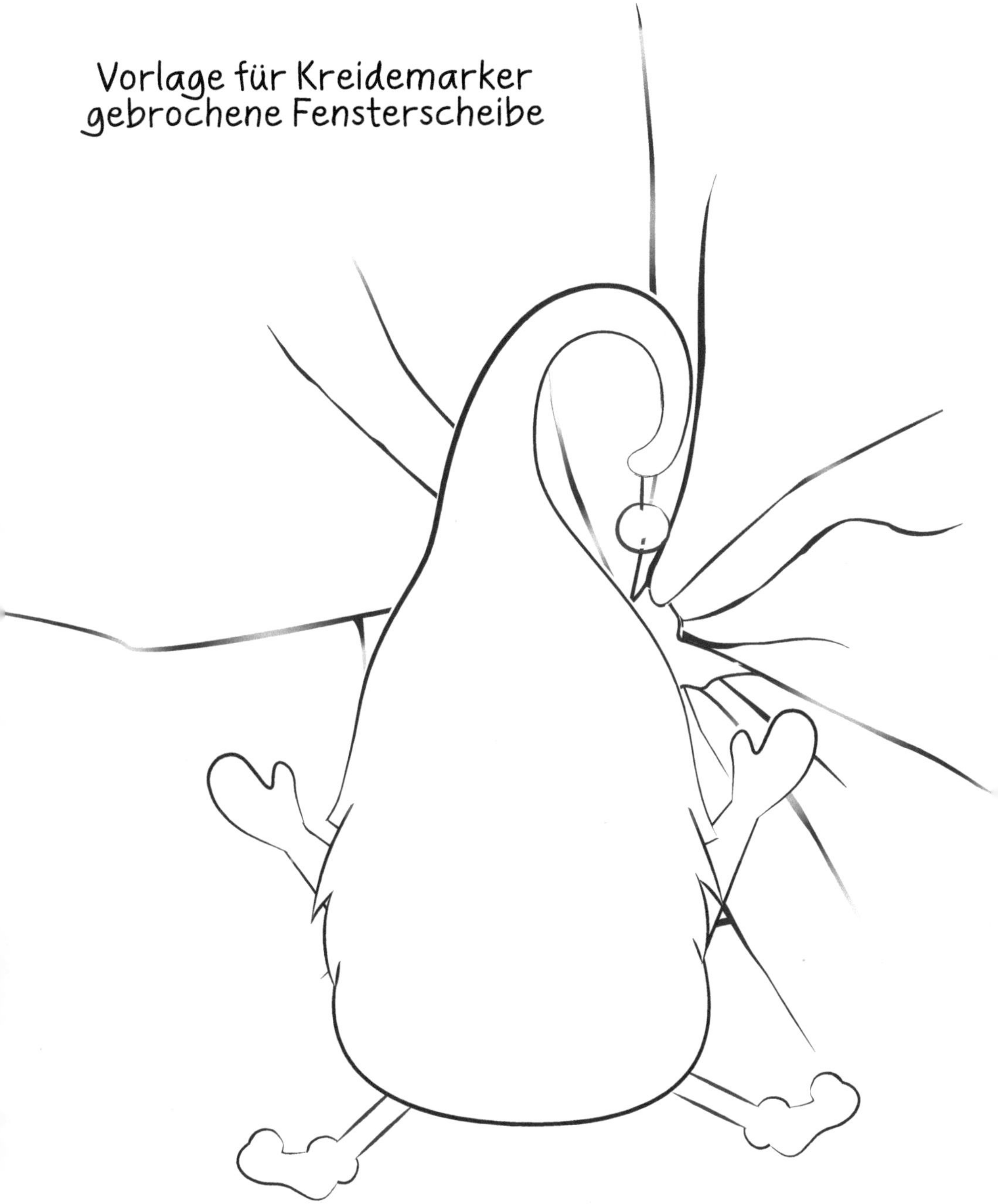

TEELICHT MIT GEHEIMER BOTSCHAFT

Anleitung für dein Teelicht mit geheimer Botschaft: Schneide zunächst das gewünschte Motiv aus und stanze vorsichtig mit einer spitzen Schere ein kleines Loch in der Mitte. Nimm das Teelicht aus seiner Hülle und löse den Docht behutsam aus dem Wachs. Fädle den Docht durch das Loch im Motiv und verbinde ihn wieder mit dem Wachs, bevor du es in die Hülle zurücksetzt. Dein Zauberlicht ist nun fertig! Sobald das Wachs vollständig geschmolzen ist, wird die geheime Botschaft sichtbar.***Wichtiger Hinweis: Lass die brennende Kerze niemals unbeaufsichtigt.***

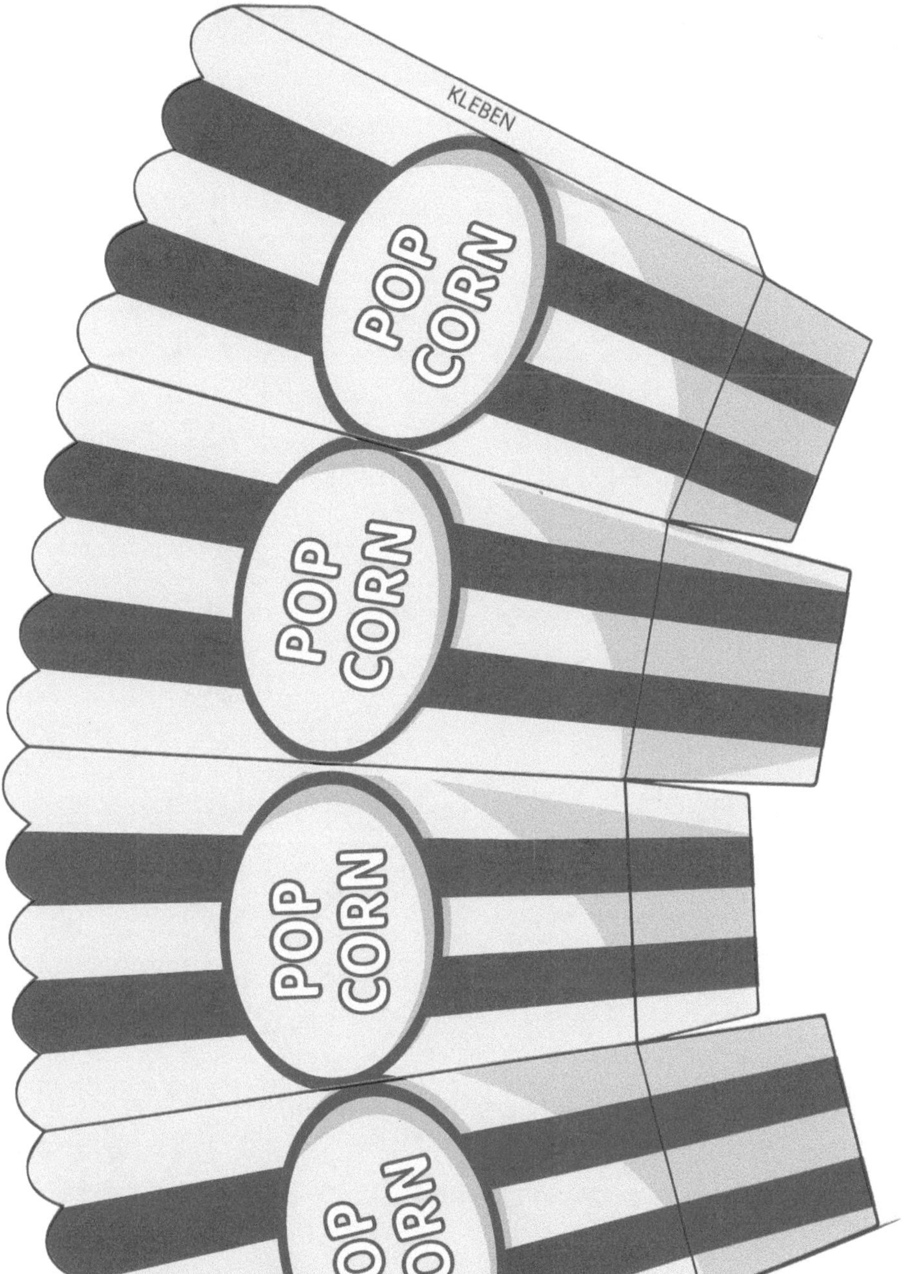
KLEBEN
POP CORN
POP CORN
POP CORN
POP CORN

POP CORN
POP CORN
POP CORN
POP CORN

MEINE WUNSCHLISTE

WUNSCHLISTE

RENTIER VERMISST

WICHTELRUFER

WICHTELRUFER

WICHTEL GESCHENKETASCHE

2Stk. können zusammengehängt werden. Ideal für kleine Wichtelgeschenke.

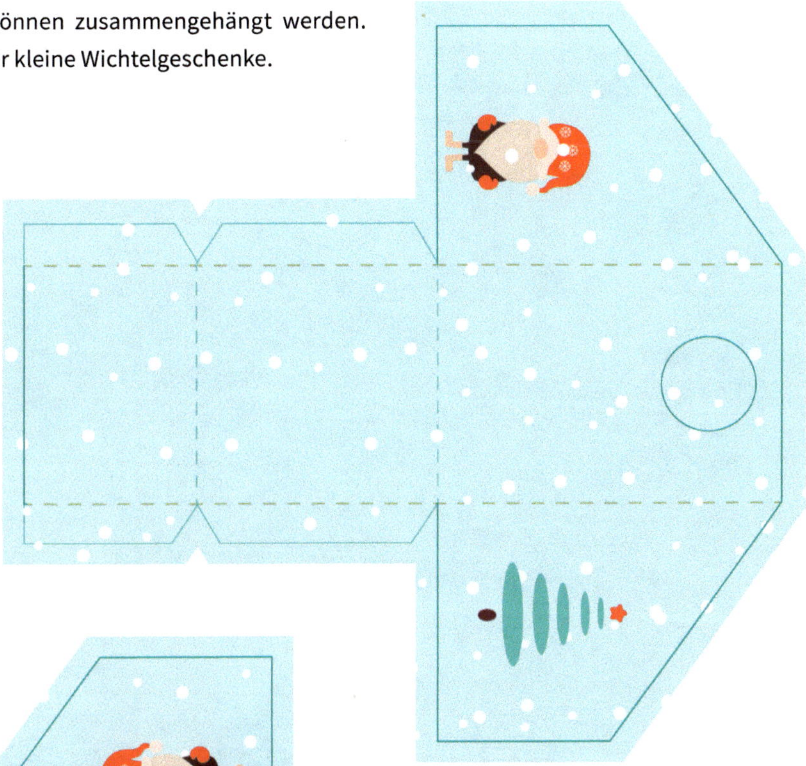

An den Linien ausschneiden. An den gestrichelten Linien falten. Dann an den Laschen etwas Klebstoff auftragen und zusammenkleben.

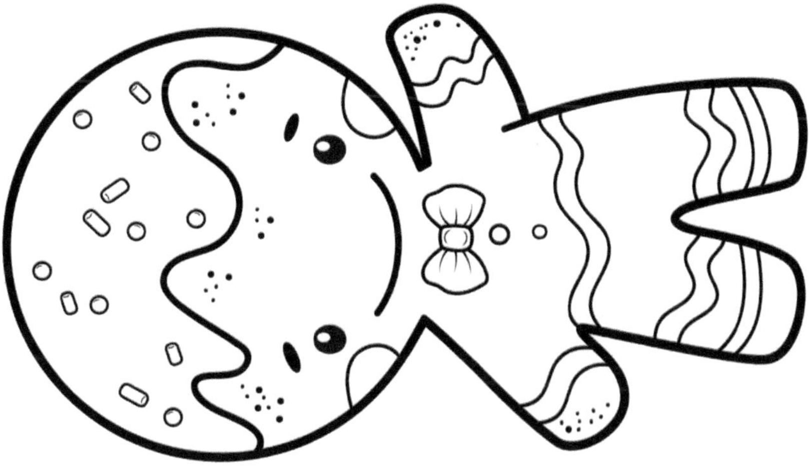

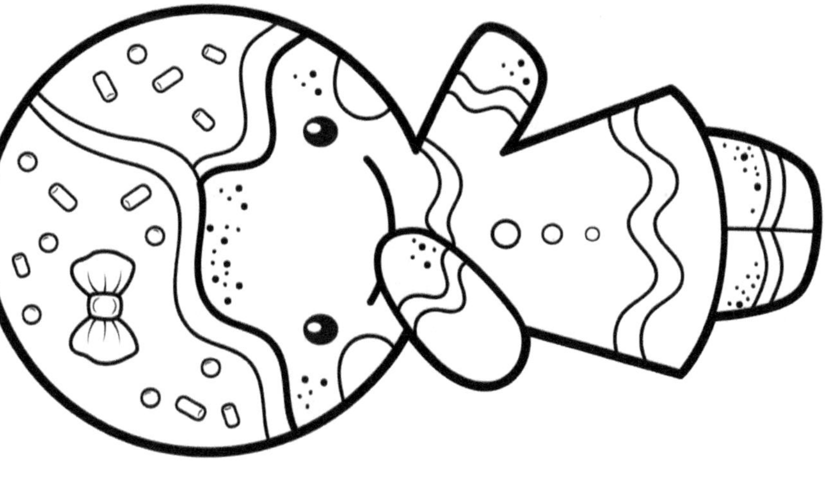

Impressum

Deutsche Erstausgabe 2025

1. Auflage 2025

DIE AUTORIN WIRD VERTRETEN DURCH:
Mirell Verlag - Isabella Zanghellini,
Talbachweg 44, 4655 Vorchdorf
KONTAKT: buch@mirell-verlag.at

COVERGESTALTUNG/-KONZEPT & BUCHSATZ
mirell.design unter Verwendung von Motiven von depositphotos.com und freepik.com
Verantworklich für den Druck:
Amazon Distribution GmbH

Haftungsausschluss

Die Umsetzung aller enthaltenen Informationen, Anleitungen und Strategien dieses Buchs erfolgt auf eigenes Risiko. Für etwaige Schäden jeglicher Art kann der Autor aus keinem Rechtsgrund eine Haftung übernehmen. Für Schäden materieller oder ideeller Art, die durch die Nutzung oder Nichtnutzung der Informationen bzw. durch die Nutzung fehlerhafter und/oder unvollständiger Informationen verursacht wurden, sind Haftungsansprüche gegen den Autor grundsätzlich ausgeschlossen. Ausgeschlossen sind daher auch jegliche Rechts- und Schadensersatzansprüche. Dieses Werk wurde mit größter Sorgfalt nach bestem Wissen und Gewissen erarbeitet und niedergeschrieben. Für die Aktualität, Vollständigkeit und Qualität der Informationen übernimmt der Autor jedoch keinerlei Gewähr. Auch können Druckfehler und Falschinformationen nicht vollständig ausgeschlossen werden. Die Bilder stammen von freepik.com, depositphotos.com, shutterstock.com und es handelt sich um lizenzfreie Fotos. Für fehlerhafte Angaben vom Autor kann keine juristische Verantwortung sowie Haftung in irgendeiner Form übernommen werden.

Urheberrecht

Printed in Poland
by Amazon Fulfillment
Poland Sp. z o.o., Wrocław

56240929R00066